KB170825

분홍입술흰뿔소라

분홍입술흰뿔소라

2024년 3월 21일 초판 1쇄 인쇄
2024년 3월 30일 초판 1쇄 발행

지은이 | 이승은
펴낸이 | 孫貞順

펴낸곳 | 도서출판 작가
(03756) 서울 서대문구 북아현로6길 50
전화 | 02)365-8111~2 팩스 | 02)365-8110
이메일 | cultura@cultura.co.kr
홈페이지 | www.cultura.co.kr
등록번호 | 제13-630호(2000. 2. 9.)

편집 | 손희 김치성 설재원
디자인 | 오경은 박근영
영업 | 박영민
관리 | 이용승

ISBN 979-11-90566-79-7 (03810)

잘못된 책은 구입하신 서점에서 바꾸어 드립니다.

값 12,000원

작가기획시선

분홍입술흰뿔소라

이승은 시조집

작가

■ 시인의 말

무슨 일이든 한 십 년을 하면 미립이 난다는데, 여태껏 눈비음으로 서성거렸을 뿐이다.

늘 더듬거리는 빗줄기로 때늦은 안부를 묻는 것이 고작이지만 매번 얼핏 얼핏 뵈는 하늘, 그 푸른 빛. 시조의 항심恒心에는 변함이 없다. 그 말씀을 어줍게 또 받아 적는다.

2024년 봄날 아침,

이승은

차 례

시인의 말

1부 텍사스 일기

놀빛 15
첫서리 16
필사적 17
간 18
못 다한 말이 19
비구름 일기 20
목숨 값 21
나뭇잎 사이 22
마른장마 23
이럴 수가 24
사부자기 25
여름비 26
순례자, 삼바 27
피규어 28
그 이유 29

2부 비스바덴 시편

저 꽃처럼 33
퀸현상 34
자정 무렵 35
잔디를 깎다 36
아지트 37
나도 가만 앉아보니 38
마당놀이 39
셧 다운 40
Step me 41
영정사진 42
마랑고니효과 43
공항일지 44
날비 45
크로이처 46

3부 더불어 더블린

머랭케익 49
건널목 50
얼굴 악보 51
그렇게, 너도 거기 52
오르골 53
성당 54
대접 55
배 56
꽃딱지 57
누구? 58
디어 파크 59
징후 60
빛깔 61
먼지잼 62

4부 하와이 하와유?

부겐베리아 65
몽구스 66
호놀룰루 일기 67
야자수 아래 68
꽃아, 꽃아 69
알람교향곡 70
팔월 71
비 발자국 72
날개가 돋는다 73
열쇠를 찾다 74
독감 75
숨바꼭질 76
머금다 77
카톡, 78

5부 그 섬, 아일랜드

우물쭈물 81
빗방울 풍경 82
한낮 83
늦여름 한때 84
분홍입술흰뿔소라 85
버스킹 거리 86
처음 몸짓 그대로 87
샐리가든 88
환승 게이트 89
사라방드 90
말로는 다 못 할 91
그라피티 92
차라이나 93
담쟁이 94

해설

세계화 시대를 여는 새로운 단계의 '신' 미학_방민호 96

1부
텍사스 일기

놀빛

성난 소를 탔는지 숨이 넘어간다

나 언제 이런 등에 업혀볼 수 있으리

이국땅 하루 저녁을 훔쳐낼 수 있으리

첫서리

뒤뜰 가득 쌓여 있는 낙엽을 밟고 서니

가려다 주춤했던 그때 일이 겹쳐지고

끝내는
돌아서버린
발자국만 탕, 탕, 탕

필사적

1.
텍사스 35번 국도 방향은 한 줄이다
이유를 알 수 없는 검은 개의 역주행
클랙슨 파열음에도 겁 없이 달려든다

2.
승강장에 진입하는 열차의 물빛 소리
의자 위 먹구름이 선로로 뛰어내렸다
열차는 정지했으나 이유는 낭자했다

바람을 끌어 덮는 하늘 끝을 보았다
층층이 덧칠하며 짙어오는 석양 아래
뜨겁게 무거워지다 거칠게 식어갔다

간

바다 속 2킬로미터 심해상어 산다는데

어둠에 길이 들어 아예 눈을 버렸다는데

수억 년 먼눈의 안쪽, 그 빛깔 나 꿈꾸는데

못 다한 말이

몇 번을 접고 접어도 그 만큼씩 길을 내는
떨쳐두고 왔던 날이 속수무책 따라와서
겨울날 잔양만큼씩 엷은 물이 들곤 한다

그늘이 넓어지자 명도가 낮아졌다
먼 곳을 볼 줄 아는 물새들 울음으로
혀끝을 떠받치고 있다 단호하게, 묵묵히

비구름 일기

사막을 돌아 나온 모래바람 날아들어
화분에 두엇 피던 꽃송이가 노래진다
이러다
비가 오겠지
창문을 닫아거는

속옷도 젖은 채로 치마를 말아 올린
구름이 내려앉아 '하이, 애프터 눈'
저 얼굴
본 듯도 한데
어두워오는 기억

목숨 값

오스틴 외곽 도로 앞차에 치인 노루

한 방울 슬픔 없이 보험료가 계산되자

저만큼 서녘하늘의 눈자위가 붉어진다

나뭇잎 사이

잘게 깨진 햇살에 찔러 구름이 흩어질 때
후끈하게 몰려오는 빛 조각의 저 팡파르
뜻 모를 현기증으로 휘청대는 여름 한낮

환히 건너 뵈는 타국의 이웃집 창
초로의 외국 여자 샤워가 나른하다
숲 그늘 커튼인 양 치고 주름진 날은 펼 듯

마른장마

문밖을 서성이다 돌아서던 연인처럼

꼭 그런 기척으로 잠시 다녀간다

슬며시 풀린 스카프 여미는 시늉으로

그 바람에 꽃잎 몇 장 환하게 지는 아침

쓸데없는 생각이나 다지듯 적시면서

꽃나무 우듬지 쪽에 헛손질만 서너 번,

이럴 수가

들뜬 말을 버리기 위해
집을 비운 날 수만큼

고지서와 쌓인 책들
엎드려 기다린다니

놓았던
말을 잇느라
들떠버린 텍사스

사부자기

어둠이
멈춰 섰다
한 뼘 유리창 밖

안쪽의
불빛들이
용납하지 않는 지금

저 혼자
시무룩하게
알몸으로 잠든 밤

여름비

제멋대로
오락가락
바람 든 사내처럼

변해버릴
마음 한쪽
달게 주는 계집처럼

아무리
잠그려 해도
헛도는 열쇠처럼

순례자, 삼바

기니에서 세네갈로 이주한 노동의 발
레트바* 호수바닥에 붙박이로 닿아있다
소금에 무르고 긁혀도 죽을 만큼 살아낸,

붉은 진흙 속속들이 채워진 소금덩이
제 몸을 파내듯이 삽질을 한다지만
아무리 벗어나려 해도 제자리인 적도의 꽃

*이주노동자들의 터전, 소금호수

피규어

딸이면서 며느리로
아내이자 어머니로

시인입네, 수십 년을
엉거주춤 살아왔다

어쩌다 나는 없어도
어디에나 있었다

그 이유

지평선이 밑줄 긋고 저 멀리 나앉은 건

너라는 사막 길을 지금껏 견디느라

끝까지 말을 삼가고 참았다는 몸짓이다

2부
비스바덴 시편

저 꽃처럼

시들해진 감자 서너 개 새들이나 먹으라고
지난해 뒷담 밑에 아무렇게 던졌는데

무성한 잎사귀 달고
피어있네
연보라 꽃

순간 흐려지며 눈 끝에 매달리는
일렁이는 환절기여 못 견딜 낯빛이여

그대가 날 잊으려할 때
저리 한번
피었으면,

푄현상

언덕을 넘다보면 네가 좀 멀어질까

빗방울 등에 지고 내달리는 낯선 풍경

울고 난
뒤끝을 보인다
조금씩 목이 탄다

라인강 물줄기로 하강한 은빛 햇살

건조해진 기억들을 한 움큼씩 버리느라

이따금
엎치락뒤치락
잔기침에 여념 없다

자정 무렵

안과 밖의 경계를 왼 종일 지켰다고 담장을 쓸어주는
나뭇잎 그림자들, 달빛도 제 몸을 풀어 골고루 덮어준다

희붐한 달무리 아래 방백 같은 나무의 말, 조붓한 창틈
으로 내가 듣고 말았어
수백 년 살아냈지만 같은 날은 없었다고

잔디를 깎다

제일 먼저 일어나서 앞마당을 깨우는 풀

심심해서 그런가
새 우는 소릴 낸다

흠 하나 없는 얼굴로 밤새 훌쩍 자랐네

전원을 켜는 순간 소스라쳐 눕는 풀

칼바람 맞서가며
파르륵 뒤채다가

결국은 목숨을 놓는 초록가슴 서너 평

아지트

바람에
못 이기는 척 뭉게구름 밀려와서

키 큰 나무
우듬지에 자리 펴고 앉은 한낮

일어나
기지개 켜면 단숨에 만져질 듯

손아귀
꾹 쥐고서 그럼 한 번 넣어볼까

대수롭지
않았어도 여태껏 놓지 못한

소소한
비밀 쪽지를 저 속에 숨겨볼까

나도 가만 앉아보니

가파른 성곽 길을 수도 없이 오르내린

이를테면 그도 역시 한갓 사내였다

빛바랜 편지 쪽만 한
그늘이 내린 지금

돌 의자에 떨어지는 서너 장 꽃잎의 말

-사랑하고 그리하여 사랑받아 행복했다-*

세상에 군더더기 없는
싱겁게 달달한 말

*하인델베르크성, 괴테기념비

마당놀이

지역 페스티벌 미인대회 출신으로 평생을 반려견과 어찌어찌 살고 있다는 '당케 쉔' 독일 할머니 춤추며 윙크한다

덩달아 강아지도 앞발 들고 끄덕이니 진풍경이 벌어졌다 '제어 에어프로이트' 그때다 맥주잔 거품에 봉긋하게 앉은 낮달

셧 다운*

너희는 블랙에서 핑크를 찾았구나
감추며 늙느라고 나 역시도 그렇게
조금씩 짙어진 화장, 팝 댄스로 지워내고

이 저녁 되비치는 실핏줄이 노오랗다
랩에 덧입혀진 클래식 소절만큼
내 안에 생강나무 꽃 오스스 피어난다

그 무슨 행세처럼 곁눈질로 오는 눈발
잎보다 꽃을 먼저 피우는 게 뭐 어때서
문 닫아, 역봄이라면 뜨겁게 가는 거야

*Shot Down, BLACKPINK 2집에 수록

Step me

– 침묵*

'내가 눈을 감아주마, 널 안아 품어주마.'
높고 둥근 목소리가 두려움을 거둬가자
한 발을
들어올렸다
그렇게 밟히셨다

십자가 지신 얼굴 다 닳도록 지나갈 때
새벽은 오신다고 목청껏 닭을 울려도
헤아려
못 듣는 귀여
더 간사한 발바닥이여

*영화, 엔도 슈샤쿠 원작

영정사진

말馬인데, 말입니다 '얼룩말의 날'입니다
사색으론 서늘하여 검색으로 갑니다
백 년 전 콰가*얼굴이 단호하게 찍혔네요

약용으로 먹힐 때도 가죽을 벗길 때도
매달리고 우는 일은 결단코 없었지만
끝내는 적색목록**에 이름이나 올렸다는

망자만 덩그러니 후손 없는 제삿날에
초원을 내달리던 회상에 잠긴 눈빛
아마도 어버이날을 말하고픈 말입니다

*멸종 얼룩말
**국제자연보존연맹의 발표

마랑고니효과

늦은 밤 따라놓은 두 잔의 레드와인
이별주는 아니라고 가볍게 흔들었지

무엇을 그리 참았나
고여 드는 눈물방울

섞이면서 휘발되는 사랑도 표면장력
그렇게 오기까지 남겨 둔 숨결들이

한 번씩 질척이는 걸
모르는 척 할 수밖에

공항일지

여기는 구름 많은 고기압 가장자리
웃자란 예측만큼 고온다습 쪽입니다
더러는
엇갈린 길이
풀리기도 한답니다

여여한 기다림이 나붓이 착륙할 때
대개는 나침반 얼굴, 향방이 잡힙니다
누군 또
이륙하느라
주문을 왼답니다

날비

엔니오 모리꼬네* 부음이 날아들자
시네마 천국에도 빗줄기가 스쳐갔다
발걸음 주춤거리며 유리창을 적셨다

아침식탁 가장자리 그 시집 〈넬라 판타지아〉
넘기는 책장마다 악보가 떠다녔다
접혀진 모서리들이 내 쪽으로 부풀었다

*영화음악의 거장

크로이처*

왕실도 귀족과도
종속을 거부했다

까짓 거 운명쯤이야
귀 안에 가두었다

폭풍이 휘몰아쳤다
몸이 음을
받아냈다

*베토벤, 제9번 바이올린 소나타

3부
더불어 더블린

머랭케익

화장기도 부질없이 이제 한풀 꺾인 여자

가을 한 입 베어 물며 카페 밖을 내다본다

나 또한 이만치에서 저만치가 한참 달다

건널목

– 마운트 메리언

제 빛깔 다 쏟으며 못내 겨워하는
건너편 '유니온카페' 불 켜든 유리창 밖

싸락눈
흩뿌리는 저녁 어스름만 하염없다

환절기 모퉁이는 추스를 게 더는 없어
빈손을 펴고 보네 무수한 잔금의 날

점멸등
깜박거리는, 망설임도 잠시 멈춤

저쪽이 무어라고 이쪽은 늘 서성대나
돌아갈 걸 하면서도 신호등을 바라보나

모든 건
이렇게 갈리지 샛길은 늘 궁금하지

얼굴 악보

라 캄파넬라
– 피아니스트 안수정

양 볼은 볼그스레 이마 쪽은 푸른 기운

줄 장미를 피워내는 손가락 저 춤사위

눈썹은 높은음자리 은종이 매달린다

보칼리제
– 첼리스트 한재민

찰랑이는 하늘우물 길어다 세수한 듯

이미 그 눈길은 상층운에 닿아있다

활 끝을 맴도는 나비, 날갯짓에 앉는 음표

그렇게, 너도 거기

담쟁이 빛 긴 머리의 아일랜드 아가씨

목소리를 높이면서 인사를 건네 오자

파랗게 씻긴 하늘이 뜯어놓는 구름 몇 줌

팔을 쭉 뻗어 올리면 악수라도 해줄 듯이

나지막이 내려앉네, 기꺼운 구름송이

끝까지 머물겠다던 너도 거기 떠있다

오르골

영화 〈스팅〉 주제곡*이 한 소절 흐르는 동안

너를 태운 마차는 유심히 돌고 돌지

태엽이
다 풀리기 전
내 손을 내밀라며

*〈The Entertainer〉

성당

초록 숲 한가운데 아스라한 첨탑 위

정갈한 눈꺼풀로 깜박이는 봄 햇살

종소리 그리 스민다
풀잎들도 묵상이다

대접

부리 노란 새 떼들이 아침나절 날아와서

던져버린 빵 부스러기 조아려 쪼고 있다

내일은 제대로 한번 먹이를 내줘야지

배

창문을 반쯤 열고
팔베개로 올려보는

바닷빛 하늘 가득
흘러드는 구름 덩이

어느새 침대가 둥둥,
집도 따라 떠간다

꽃딱지

잔디밭을 아장대던 두 살배기 우리 안나

두어 번 재채기에 코를 후벼 파더니만

피었네!
노란 풀꽃이
손톱 밑에 까꿍 하며

누구?

조이Joy예요
마사지걸
손가락이 좀 휘었죠

염려는
묶어두세요
힘보다 기술이죠

이 일도
이력이 나니
피곤쯤이야, 조이풀!

디어 파크

사슴이 숨었다는
그 말도
새겨가며

본 적 없는 에덴동산
본 것처럼
여기에서

붉은 꽃 매단 저 나무
선악과
열리겠다

징후

걸려 온 국제전화 받지 않고 카톡 답신

낼모레 귀국하니 그때 찾아뵈올게요

다음 날
날아든 부고
모레가 사라졌다

빛깔

따라놓은 와인 잔에
저녁이 담깁니다

놀 지는 서녘 하늘도
때맞춰 들어왔지요

그러자
어둠별 하나
먼저 입을 댑니다

먼지잼

그 어디 마른 곳은
찾아내지 못하면서

창밖을 내다보는
눈자위에 번져든다

서너 뼘 재고 갔구나
망설이다 흐릿해진

4부
하와이 하와유?

부겐베리아

마치 압화壓花처럼 이미 눌려 납작해진

하와이 크리스마스 따끈한 햇살 아래

후~불면
찢길 듯 얇은
맹세로나 피는 것이

끝내 뱉지 못한 혀끝 유리 조각에

바람도 베일까봐 다문 입술 저 진다홍

지킬 것
지켜내느라
외로 틀며 피는 것이

몽구스

쥐나 잡아먹으라고 들여온 녀석인데

밤에는 잠만 자고 동네 구경 맛 들렸다

맑은 날 꽃잎 밟으며 안마당에 납신다

호놀룰루 일기

해가 환한 앞뜰 가득 빗줄기 들었습니다.

바람도 눈 가리고 비켜서는 순간입니다

초록이 아가들처럼 목욕 중에 있습니다

떨어진 꽃잎 위로 발꿈치 살짝 듭니다

꽃신 삼아 신느라고, 오종종 걷습니다

상냥한 체온까지도 이 아침 선물입니다

새들도 숲에 들어 부리를 숨깁니다

서울 소식 감감하여 카톡창을 띄웁니다

아무도 노크한 흔적 남기지 않았습니다

야자수 아래

밀려드는 잔파도에 구름이 낮아질 때
딸의 딸들 마주앉은 파라솔이 방실댈 때
저녁놀 입 내미느라 주황빛이 감돌 때

여우비 지나간다, 꼬리는 간 데 없이
훌쩍이며 지나간다, 바람도 심심한날
나무 밑 그늘도 지나간다, 안과 밖을 나누며

이곳에 숨었구나, 이마를 치는 꼬리
방울져 숨었구나, 속눈썹 적실만큼
총총히 와 숨었구나, 눈인사도 못한 우리

꽃아, 꽃아

문밖은 달그림자 바람이 눕는 동안 노랗게 빠져나간 머리맡이 너무 환해 밤 또한 깊이 익어서 일랑일랑* 꽃 앞섶

흰 구름 깔아놓은 하늘 무대 배경으로 초록 잎 여릿여릿 선명한 입술 자국 춤추는 레인보우샤워* 드레스 흘러내릴 듯

히비스커스* 환한 담장 서쪽 멀리 눈을 주니 반 잠긴 여름햇살 꼼지락, 몸을 튼다 지붕엔 뭉게구름이 꽃 흉내 한창이고

훤칠한 저 나무들 꽃치레 사시사철, 쉴 틈 없이 지침 없이 피어나 웃는 꽃이 나는 왜 슬퍼지는가, 변함없는 저 때깔이

*하와이 섬의 꽃이름

알람교향곡

모이 줍듯 싸락싸락 스치는 별 부스러기

얼굴 큰 가로등도 없는 듯이 서 있던 밤

악단을 이룬 새무리 어디에 깃들었나

새들은 아침이면 콩 자루를 확, 쏟는다

용하게 잠을 씻는 상쾌한 시끄러움

지휘봉 잡지 않아도 제 몫 찾아 지저귄다

팔월

하늘을 홑청인 양 내려덮은 모래밭가

바람이 으스대며 둔각으로 불어올 때

바다는 몸을 틀면서 멀리까지 눕는다

그 위로 쨍쨍하게 햇살그물 던져놓자

걸려든 물이랑이 잔파도로 맞장 뜬다

주르륵 달아나려다 바투 잡힌 한낮 두시

비 발자국

푸른 화폭 한가운데 누가 붓을 들었기에

높이 달아나는 하늘은 그냥 두고

조금씩 울먹거리는 구름들만 그리시나

몸 사리는 하늘 길을 오락가락 하더니만

저녁이 걸어온다, 번지는 그림자로

구름을 걷어 내리며 어둠 따라 반걸음씩

날개가 돋는다

높이가 어찌 넓이를 앞지를 수 있을까만

봉우리 쪽 경계에서 나뉘는 산과 하늘

그 아래
바다빛깔이
바람을 헹궈낸다

금실을 풀어가며 절벽 위를 내달리다

달구어진 다이아몬드 헤드* 서슴없이 넘는 햇살

조금씩
부풀어 오른
겨드랑이 간지럽다

*오아후섬의 사화산

열쇠를 찾다

바다로만 열려있는 마카푸우* 하늘빛은

고래가 뛸 때마다 덩달아 솟구친다

한 무리 선인장들도 절벽으로 몰려든다

오래 묵은 자물쇠가 달칵, 풀어졌다

빤히 열린 내 속에서 쏟아지는 잡동사니

무작정 품고 있었다니 이리도 많은 것을!

*등대가 아름다운 오아후섬 트레킹 코스

독감

공항에서 주춤대다 비행기를 따라 탄 듯 비키니 산타 있다는 이곳이 궁금했던가, 처음엔 헛기침으로 동행임을 귀띔했다

몸 어디 군불을 지펴 후끈 열이 오르더니 갈비뼈가 빠근하게 이어지는 밭은기침 눈앞은 어룽거리고 등줄기가 시렸다

자리 펴고 눕고 보니 지난 필름 되감긴다 내 쪽은 용서하고 네 탓만 기억한 일 이참에 따져나 본다고 한 몸 살림 차렸다

숨바꼭질

뜰 앞 빗줄기가 잔디를 깨우는데
1111, 1111 흔들림 하나 없다
묻어둔 옛 발자국도 짚어낼 요량으로

아무런 기척도 없이 어찌 이리 고요한가
여기에 숨은 나는 찾을 뜻이 없는 모양
술래를 내가 좇다니, 애 터지게 부르다니

오신 발걸음처럼 쉬이도 돌아서네
… , … 물방울만 맺어놓고
제풀에 들켜버린 나, 술래 되어 남았다

머금다

오전 열 시 무렵 뜰아래 내려서니
온몸이 반응하는 놀라운 후각 기능
햇살을 등진 저 구름 제대로 맛들었다

풀잎이 꺾이거나 꽃잎이 찢어질 때
저희끼리 주고받는 외마디 비명들을
바람이 업고 가다가 흘리기도 했나보다

목이 긴 흰 새들도 제 집 찾듯 날아와서
고개를 주억대는 아침나절 한가운데
수박 향 단내가 오른 빗줄기가 스친다

카톡,

삼십 년 지기 중에 싱거운 한 친구가

날아든 꿩 사진을 올리면서 덧붙인 말

부리를 닦는 시늉은 안부를 묻는 거라나

일지암 스님께선 땡볕에 호미 들고

와이키키 넘실대듯 밭고랑을 탄다하니

하와이 통신도 한마디, 딸이 딸을 낳는 중

5부
그 섬, 아일랜드

우물쭈물

'버나드 쇼' 이름을 건
생가 옆 식당에서

영어도 짧은 내가
이태리 음식 주문?

내 진작 이럴 줄 알았지
불멸이다, 그 묘비명!

빗방울 풍경

말이 고운 사람들의 발 빠른 이별처럼
이곳의 빗줄기는 오는 듯이 가버린다
우산이 젖기도 전에, 흔들던 손 거두기 전에

가벼이 돌아서는 비구름 몇 발자국
아닌 척 다가서는 바람 같은 안개비
그 곁을 주춤거리던 어제가 업혀온다

한낮

아침저녁 다녀가는 갈매기 울음으로

정오를 알려주는 열두 점 성당종소리

그 때다, 담쟁이 넝쿨 오선지를 긋는다

라스마인 골목길로 몰려드는 바람 끝동

갓 쪄낸 감자 냄새 수시로 실어올 때

두고 온 망원시장의 수선함이 서려있다

늦여름 한때

차라리 경계 밖에 머금은 만년설인가

융프라우 봉우리 셋 맨 처음 만나던 날

때 아닌 진눈깨비가 인사처럼 등을 쳤다

벼랑 같은 언덕길을 아슬아슬 끌고 와서

젖소 떼가 쓸어놓은 저 풀빛의 내 젊은 날

높이도 바닥만 같구나, 융프라우 봉우리 셋

분홍입술흰뿔소라

두고 온 고향처럼 착할 거 같은 이름

귀를 대면 바다 얘기 들려줄 거 같은 이름

부르면 수평선 너머로 누가 올 것 같은 이름

창백한 진열장에 어쩌다 갇혔지만

립스틱 바른 적 없는 첫 입술 살짝 열며

봉쥬르, 환한 저 인사 앙스바타 해변의 여자

버스킹 거리

순도 높은 햇빛으로 무르익는 여름의 끝
듣느니 바람 같은 한낮의 짙은 몸짓
그 여자 거리의 악사, 바이올린 활을 든다

무엇도 아랑곳없는 일순의 몰입이여
아닌 된서린 양 희끗한 잎사귀여
오가는 관광객 숲에 홀로 핀 올리브여

에스프레소 짙은 향이 목젖에 퍼져갈 때
웃음으로 나눈 것이 웃음만은 아니라고
한 그루 초록빛 치마 G현으로 감겨든다

처음 몸짓 그대로

누구의 시혼인가 묵념에 든 양떼구름
고개를 숙일수록 그대 외려 우뚝하다
물길에 어리는 발자국 헤아려 더듬으며

내 한때 꿈이었던 그래서 꿈만 같은
기꺼이 노를 저어 먼 하늘 에두르면
단풍든 환한 물 그늘 너울댄다, 호젓이

우리가 이마 맞댈 초막 한 채 있으려나
맹목으로 받아주는 이니스프리* 품에 드니
늦도록 기다렸다고 안부를 물어오는

*아일랜드 슬라이고에 있는 섬

샐리가든*

십리도 다 못 가서 발병 날 '아리랑'이 아릿한 노랫가락에 자꾸만 덧입혀져 바람이 부는 휘파람 한동안 울먹이는

'나뭇잎 피어나듯 사랑이 쉽다'는 말 맨발의 그 소녀가 날 버리고 가셨는가 감춰둔 눈물고개가 아라리로 넘어가는

*아일랜드 민요

환승 게이트

– 히드로 공항에서

ISIL 테러위협 긴박한 문자가 떠도

면세점 안 여행객은 여전히 비행중이다

전광판 광고물품도 여유롭기는 마찬가지

사라방드*

환풍구 안쪽으로 흘러드는 습한 기운,

자욱하고 진득한 것이 눈앞을 막아선다

염습실 유리문 쪽을 가늠하는 삼베옷자락

측백나무 그림자인가 등 뒤가 어룽대고

마지막 인사라며 이마를 짚는 동안

소리를 버린 울음이 명치를 치받는다

*헨델 작품, 비장하고 엄숙한 느낌의 느린 무곡

말로는 다 못 할

엔젤 트럼펫은 땅을 바라 피어나고

악마의 나팔꽃은 하늘 향해 피는 까닭

결국엔 내 품에 숨어 매 순간을 피고지고

그라피티

검붉은 페인트를
벽에 냅다 뿌려놓고

예술이라 씩 웃으며
목청을 드높이는

불온한 그대 뒷모습
합법이다 오늘날

차라이나*

죽어도 다함없는 당나귀 턱뼈라니

손으로 건드리자 이빨이 떠는 소리

한평생 등짐의 무게 견뎌냈던 울음이다

고단하게 저벅이던 발굽이 스쳐간다

귓전에 쟁쟁한 게 어쩐지 황송하여

어둠을 물려가면서 입술을 꽉, 깨문다

*페루의 민속악기

담쟁이

어느 곳 한 군데도 다치지 않았는데

단풍져 뜨거운 몸 바람에 다 내준다

기우는 모든 것들은 가을 품을 파고든다

| 해설 |

세계화 시대를 여는 새로운 단계의 '신' 미학

방민호(문학평론가, 서울대 교수)

| 해설 |

세계화 시대를 여는 새로운 단계의 '신' 미학

— 『분홍입술휜뿔소라』의 존재시학

방민호(서울대 국문과 교수, 문학평론가)

1. 탐미적 존재와 '장르' 실험

이승은 시인의 『분홍입술휜뿔소라』는 실린 시조 모두가 해외 체류기간에 쓴 산물이라는 독특한 구성을 취한다. 이런 시조집은 결코 흔치 않기에 부득이 시기를 거슬러 올라가 선례를 잠시 찾아보지 않을 수 없다.

『가람시조집』(백양당, 1947)에 붙인 발문에서 시인 정지용은 이병기 시조에 관해 언급한다. "마침내 시조들이 시인을 만나서 시인한테로 돌아오게 되었다. 비로소 감성의 섬세와 신경의 예리와 관조의 총혜聰慧를 갖춘 천성의 시인을 만나서 시조가 제소리를 낳게 된 것이니, 가람 시조가 성공한 것은 시인 가람으로서 성공한 것이어라."

가람의 현대시조는 실로 독보적이다. 그의 시조는 현대 시조부흥운동의 단초를 연 것이었다. 『가람 이병기 전집』이 다행스럽게도 얼마 전에 완간되었고, 그 둘째 권에 가람 '기행시조'의 진수라 할 만한 금강산 연작이 보인다.

『가람일기』를 보면 이병기는 이광수, 석전 방한암, 박현환 등과 함께 1923년 7월 24일에 서울을 떠나 금강산으로 향한다. 『일기』는 8월 11일 서울로 돌아올 때까지 18일간에 걸친 여정을 상세히 기록하는 가운데 모두 서른세 편(혹은 서른두 편)에 달하는 시조들, 두 편의 한시를 수록해 놓았다. 가파른 금강산을 오르내리는 사이에 이렇게나 많은 시조들을 써서 남겨 놓은 것이다.

과문한 탓에 나는 이 가람의 금강산 시조들을 현대적 '기행시조'의 호사례로 여긴다. 『일기』에는 한라산 기행시조들도 있었던 것으로 안다. 가람 이전 시대에도 기행문에 시조들을 수록한 것을 보았고, 가람과 동시대인 최현배도 연희전문 학생들과 함께 떠난 '고구려' 답사 중에 기행문 「고구려 고지를 찾아」(『연희』, 1931.1)를 썼으며, 여기에 다섯 편의 '기행시조'를 수록해 놓았다. 또한 자산 안확의 『시조시학』(조광사, 1940) 가운데에도 그가 유랑 떠났던 간도와 북경과 미주, 그리고 한반도 각지를 떠돌아다니며 쓴 시조들이 상당량 수록되어 있다.

금강산 기행 가운데 쓴, 서경에 서정을 어울려 놓은 가람의 시조들은 담백하다 못해 투명한 가람의 정신세계를 표상한다. 선인들, 선배들은 정신적 삶 속에서 시조를 향유했고, 기행은 이 정신을 찾고 확인하는 과정이며, 시조는 다시 그 정신의 표상으로 글에 나타났다. 기행문이라는 산문과 그 속에 수록된 시조의 '조화'는 현대에 이르러서도 '기행시조'가 시조 '가인' 자신의 수행의 과정으로서 존재할 수 있음을 말한다.

이제 시기를 건너뛰어 우리 당대에 이승은 시인은 『분홍입술흰뿔소라』로써 선배들의 작업을 오늘에 잇는 작업을 한 것으로 판단된다. 다만 기행의 여정과 산문적 감상을 건너 뛰어 작품과 작품 사이에 놓인 시인의 마음과 여정을 헤아려 볼 수 있기에, 구태의연한 모습을 보이지 않는 시조의 정수를 담아냈다.

2. 담담하고 진솔한 세계 체험

이 시조집은 조금만 더 자세히 들여다보면 거쳐가는 것으로서의 기행보다는 잠정적인 체류의 생활을 담고 있는 것으로 보인다. 제1부의 텍사스, 제2부의 비스바덴, 제3부의 더블린, 제4부의 하와이, 그리고 마지막 제5부의 아일랜드. 특히 아일랜드, 더블린은 시인의 개인적 상황과 맞물러 더 오래 머물러 있었고 더 자주 찾았던 곳으로 나타난다. 이 시인이 발표한 산문에서 읽은 기억으로, 그의 자녀들이 유학과 함께 직장과 결혼생활을 해외에서 하는 관계로, 십여 년 동안 일 년에 두서너 달씩 해외 생활을 하면서 받아낸 작품이라 짐작이 된다.

이 독특한 시조집 구성 앞에서 과연 내게 여행은 무엇이었던가를 생각하지 않을 수 없다. 여행은 정박이 아니더라도, 체류형과 경유형이 있다는데 아쉽게도 나는 경유형 아닌 체류형의 여행을 해본 기억이 없다. 가장 길게 떠나본 기억이라야 후쿠오카, 오사카, 교토, 도쿄로 이어지는 12박 13일이 고작이다. 남아프리카공화국 케이프타운 희망봉까지 가 보았던 것도 기간은 일주일이 넘지 않았던 것으로 기억한다.

혼자 떠나본 것이라야, 너무나 절실한 여행이기는 했지만, 인천에서 텐진으로 배를 타고 1박 2일 건너가 베이징과 후허하오터에서 여섯 날 밤을 보낸 것, 비엔나 모더니즘을 학습하겠노라고 비엔나, 프라하에 일주일 갔던 것, 무라카미 하루키를 소설에 등장시키려고 그의 소설 번역본 『바람의 노래를 들어라』를 들고 하와이로 떠났던 것 정도가 고작이다.

여행에 서투른 사람으로, 그리고 그 여행을 기행紀行, 곧 여행 중에 보고 듣고 느낀 것을 적는 일을 완전한 플롯으로 많이 완성시켜 보지 못한 사람이다.

이런 눈으로 『분홍입술흰뺄소라』에 담긴 이 시인의 세계 체험을 과연 얼마나 따라가며 함께 체험해 볼 수 있으랴.

유럽이라야 비엔나와 프라하, 한국이 주빈국이었던 도서전 때문에 맛보았던 본, 프랑크푸르트, 고흐 미술관을 찾았던 네덜란드 암스테르담이 고작이다. 미국이라야 하와이, 로스앤젤레스, 샌프란시스코, 리버사이드, 곁다리로 가 본 라스베거스, 유타 같은 환태평양, 서부 지역이 전부다. 그러고 보니 또 있기는 하다. 작가 이효석의 행적을 찾아보려 하얼빈까지 갔던 것, 이에 딸려 윤동주의 용정 명동마을에 갔던 것, 강의 때문에 멀리 갔던 사천성 수도인 청도, 그리고 아직 가슴 속 깊은 곳에 남아 있는 인디아의 델리, 바라나시…… 거기서 맛본 '블루 라씨'.

이렇게 열거하다 보니, 여행은 사람에게 과연 무엇을 주는가를 생각하게 된다. 글쎄다. 우선 세상이 내가 살아왔던 곳보다 확실히 넓다고 생각하게 하는 것 같다. 그렇게 되면 나라는 존재가 한없이 작아 보일 수 있다. 나는 "Dust in the wind, All we are is dust in the wind"라는 노랫말을 아주 좋아한다. 바람 속 먼지일 뿐이다. 우리는 모두 바람 속의 한갓 먼지일 뿐이다. 여행은 이렇게 우리를 아주 작게 만들어 운명과 우연에 떠밀려 어떻게도 될 수 있는 하찮은 존재로 만들어 준다. 그런데 이렇게 먼지처럼 작고 가벼워짐으로써 우리는 우리가 속한 작은 세계들의 중력장에서 쉽게 떠올려져 이리저리 휩쓸려 다닐 수 있고,

멀리 날아가 더 넓은 세계를 맛볼 수 있게 된다. 인생을 살아가는 방법에는 무거운 세류 속을 뚫고 헤쳐나가는 길 말고 가볍게 날아올라 벗어날 수 있는 길도 있음을 배운다. 우리를 얽어매고 있는 구조화된 장과 싸우며 바꿔 가는 게 아니라 가볍게 날아올라 다른 곳에 '나' 자신을 가져다 놓는 길이 있음을 깨닫는다.

이렇게 생각하다 보니, 오랫동안 잊고 있던 여행의 '은사'를 생각하게 된다. 기독교적인 말이요, 평소에 잘 생각하지 않는 말이다. '恩賜'. 'spiritual gift'. '값없이 주어지는 것'. 그러고 보니 이 시조집에는 일본 소설가 엔도 슈샤쿠의 『침묵』(1966)을 노래한 작품이 있다. 박해와 순교 속에서 침묵하고 있는 하나님을 어떻게 이해해야 하는가.

'내가 눈을 감아주마, 널 안아 품어주마.'
높고 둥근 목소리가 두려움을 거둬가자
한 발을
들어올렸다
그렇게 밟히셨다

십자가 지신 얼굴 다 닳도록 지나갈 때
새벽은 오신다고 목청껏 닭을 울려도
헤아려
못 듣는 귀여

더 간사한 발바닥이여

—「Step me - 침묵」 전문

그러고 보니 나는 운 좋게 나가사키에도 가본 적이 있다. 나가사키는 원폭이 두 번째로 투하된 곳이지만 그 전에 천주교 박해가 있었던 곳이다. 거기서 나는 순교자들의 시간을 경험할 수 있었다. 엔도 슈사쿠의 『침묵』은 이 나가사키의 박해, 순교를 배경으로 하나님의 침묵의 의미를 고통스럽게 간구했던 포르투갈 로드리고 신부의 고뇌를 그린다.

이승은 시인은 비스바덴에서 이 『침묵』을 소설 또는 영화로 보았을 것이다. 우리는 한갓 보잘 것 없는 여행자가 되어 바람 속에서 먼지가 되어 신의 음성을 들으려 하지만 신은 자신의 존재를 쉽게 드러내 보여주지 않는다. 이것이 저 블레즈 파스칼이 『팡세』에서 반복적으로 이야기한 '숨은 신'의 의미다.

시인은 한 존재가 가슴에 끌어안기에는 '한없이' 넓은 세계를 떠돌며 생각을 거듭했을 것이다. 무엇이냐. 살아간다는 것은, 먼지의 삶은 무엇이냐.

3. "필사적"인 "목숨"들에의 천착

그렇게 해서 이 『분홍입술흰뿔소라』에서 나는 먼저 "목숨"이라는 시어에 시선을 고정시킬 수 있다.

(가)

오스틴 외곽 도로 앞차에 치인 노루

한 방울 슬픔 없이 보험료가 계산되자

저만큼 서녘 하늘의 눈자위가 붉어진다

—「목숨값」 전문

(나)

제일 먼저 일어나서 앞마당을 깨우는 풀

심심해서 그런가
새 우는 소릴 낸다

흠 하나 없는 얼굴로 밤새 훌쩍 자랐네

전원을 켜는 순간 소스라쳐 눕는 풀

칼바람 맞서가며

파르륵 뒤채다가

결국은 목숨을 놓는 초록가슴 서너 평

—「잔디를 깎다」 전문

이 두 편의 시는 눈에 잘 뜨이지 않을 수 있다. 시인의 내면을 이해하는데 어떤 때는 지나쳐가기 쉬운 시들이 의미를 가질 때가 많다. 이 두 작품은 모두 생명이 자기를 내어 놓은 상황을 노래한다. 미국의 "오스틴 외곽 도로"와 독일 비스바덴의 가정 집, 서로 다른 곳이다. 이 멀리 떨어진 곳, 시간적으로도 거리가 큰 곳이지만 시인은 "목숨"의 의미에 천착한다. 도로를 건너려다 자동차에 의해 치인 노루, 푸르게 더 자라고 싶은데 사람들이 잔디라고 깎아내서 목숨을 잃는 것이 아닌가. 동물이든 식물이든 소중하고 치열한 생이 있기 마련이다.

그렇게 해서 다시 생각하게 되는 시조는 「필사적」이라는 작품이다.

(가)

1.
텍사스 35번 국도 방향은 한 줄이다
이유를 알 수 없는 검은 개의 역주행

클랙슨 파열음에도 겁 없이 달려든다

2.
승강장에 진입하는 열차의 물빛 소리
의자 위 먹구름이 선로로 뛰어내렸다
열차는 정지했으나 이유는 낭자했다

바람을 끌어 덮는 하늘 끝을 보았다
층층이 덧칠하며 짙어 오는 석양 아래
뜨겁게 무거워지다 거칠게 식어갔다

—「필사적」 전문

시인은 이 작품에서 "이유를 알 수 없는 검은 개의 역주행"이라는, 시조에서는 다소 낯선 강한 소재를 이끌어 들인다. 주인이 버린 것일까, 죽음이 닥치는 줄도 모르고 주인을 찾아 달리는 개와 "승강장"에서 "선로로 뛰어내"린 "의자 위 먹구름"은 어떤 은유임에 틀림없다. 누군가 선로에 뛰어들었다는 것이다. 개는 살기위해 뛴 것이고 한 사람은 죽기위해 뛰어내린 것이다, 필사적으로! 시인 또한 "뜨겁게 무거워지다 거칠게 식어"가는 '생명'의 위기, 혹은 위독을 필사적으로 따라잡는다.

다음 작품은 바로 이 목숨에 대한 시인의 천착이 다시 한 번 빛을 발한다고 할 수 있다.

(나)

기니에서 세네갈로 이주한 노동의 발
레트바 호수 바닥에 붙박이로 닿아 있다
소금에 무르고 긁혀도 죽을 만큼 살아낸,

붉은 진흙 속속들이 채워진 소금덩이
제 몸을 파내듯이 삽질을 한다지만
아무리 벗어나려 해도 제자리인 적도의 꽃

—「순례자, 삼바」 전문

자기 식솔들을 먹여 살리기 위해 레트바 호수에서 발바닥이 불어터지면서도 소금을 채취하는 아프리카 노동자의 모습을 그려냈다. 레트바는 아프리카 동서부 세네갈에 있다. 수도 다카르에서 북동쪽으로 45킬로미터 정도 올라가면 있다는 핑크빛 호수다. '제 몸을 파내듯이 삽질을' 해도 목숨이나 연명할 뿐 벗어나지 못하는 생의 비애를 고스란히 담아냈다.

『분홍입술흰뿔소라』가 넓은 세계를 주유한 시인의 삶의 여정을 끌어안고 있으면서도 거기서 단순히 가벼운 초월의 노래들만을 옮겨놓지 않고 이렇게 "필사적"인 "목숨"들에 천착하고 있다는 사실에 주목할 필요가 있다. 살아간다는 행위, 살아 있다는 상태의 의미, 가치의 중차대함이

이 시조집 저류에 흐른다는 것, 이것을 먼저 기억해 두기로 한다.

4. 소외 없는 "목숨값"의 의미

여행은 경유든 체류든 낯선 것, 새로운 것을 발견하는 기쁨을 빼놓을 수 없다. 문제는 어떤 것을 만나느냐, 마음속에서 무엇을 만나기로 예약되어 있는가 하는 것이리라.

『분홍입술흰뿔소라』는 지금껏 내가 이야기해 온 바로서 이 뜨겁게 존재하는 "목숨"들을 만나고 온 체험의 산물일 수도 있다.

(가)

왕실도 귀족과도
종속을 거부했다

까짓 거 운명쯤이야
귀 안에 가두었다

폭풍이 휘몰아쳤다
몸이 음을

받아냈다

—「크로이처」 전문

(나)

마치 압화壓花처럼 이미 눌려 납작해진

하와이 크리스마스 따끈한 햇살 아래

후~불면
찢길 듯 얇은
맹세로나 피는 것이

끝내 뱉지 못한 혀끝 유리 조각에

바람도 베일까봐 다문 입술 저 진다홍

지킬 것
지켜내느라
외로 틀며 피는 것이

—「부겐베리아」 전문

(가)의 「크로이처」는 제2부 '비스바덴 시편'들을 수록한

곳에 있고 (나)의 「부겐베리아」는 제4부 '하와이 하와유?'에 수록되어 있다. 하나는 베토벤의 바이올린 소나타 제9번 일명 '크로이처'에 관한 것이고, 다른 하나는 하와이에서 만난 꽃 부겐베리아를 노래한 것이다. 하나는 우리가 늘상 생각하듯 강렬한 의지와 열정의 작곡가에 관한 것이고, 다른 하나는 "후~불면 / 찢길 듯 얇은" 꽃에 관한 것이다. 그러나 시인은 이 두 존재에서 같은 것, 자기를 자기로서 지켜내게 하는 어떤 것을 본다. "왕실"에도, "귀족"에도 "종속"될 것을 거부하고, 가혹한 "운명"쯤이야 "귀 안"에 가두어버린 베토벤, 「크로이처」는 그와 같은 "폭풍" 같은 삶의 표현이다. 하와이에서 만난 얇디나 얇은 꽃잎의 '부겐베리아'도 "지킬 것 / 지켜내느라/ 외로 틀며 피는" 꽃이라고 시인은 말한다. 세상의 존재는 어느 것 하나 치열하지 않은 것은 없다는 것이 이 시인의 시조정신이다.

(다)

화장기도 부질없이 이제 한풀 꺾인 여자

가을 한 입 베어 물며 카페 밖을 내다본다

나 또한 이만치에서 저만치가 한참 달다

—「머랭케익」 전문

이제 시인은 먼 곳에서라도 자기 자신을 만날 차례가 된다. 「머랭케잌」은 제3부 '더불어 더블린' 쪽에 수록되어 있다. 여기서 시인은 한 카페에서 "화장기도 부질없이 이제 한풀 꺾인 여자"를 우연히 목격한다. 그녀는 "가을 한 입 베어 물며 카페 밖을 내다"보고 있다. 머랭케잌은 꽤나 달디 단 디저트일 것이다. 삶의 "가을"에 접어든 여자가 "베어" 문 머랭케잌은 역설적으로 달다. "나 또한 이만치에서 저만치가 한참 달다"는 표현은 중년을 넘어섰지만 아직도 여자로서의 꿈을 놓치고 싶지 않은 뜨거움 일수도 있다. 어쩌면 머랭케잌의 단맛은 차라리 "가을"에 접어든 "한풀 꺾인 여자"의 신산스러움을 반어적으로 표현한 것이 아닐까. 이 속에도 매운 '목숨값'이 스며들어 있음을 어렵지 않게 찾아낸다. 이 점에서 시인은 더블린 어느 카페에서 우연히 목격한 여자에게서 자신의 삶을 비춰냈다고 볼 수 있다.

(라)

딸이면서 며느리로
아내이자 어머니로

시인입네, 수십 년을
엉거주춤 살아왔다

어쩌다 나는 없어도
어디에나 있었다

—「피규어」 전문

이 「피규어」는 제1부 '텍사스 일기'에 실려 있다. 나는 어디에나 있다. 서울에도 있고 텍사스에도 있다. 관계를 형성하며 시인의 심중 깊은 곳에 들어앉아 있는 피규어는 '자의식'의 새로운 발견이라 할 수 있다. "없"는데도 "어디에나 있"는 나처럼 '나'는 있어 왔으되 없었던 존재이기도 하다는 것을 피규어에 빗대고 있다.

자기를 얽어맨 구조화된 장에서 부여된 '역할'로서의 자기가 아닌, 진짜 자기를 찾는 문제 역시 진정한 "목숨값"을 찾아가는 일이 아닐 수 없다.

5. "필사적" 너머에 있는 생명의 기운

애써 나는 이 시조집에서 시인이 자신의 삶의 문제를 해결하고자 하는 시들을 찾는다. 단서가 필요하다. 지금껏 나는 이 시인이 먼 여행들에서 얻어온 값진 경험들의 이름을 "목숨"이며 "목숨값"이며, "필사적"인 매달림 같은 것에서 찾아온 것이다. 이 모든 '무거움'을 털어버릴 실마리의 작품이 있어야 한다.

이러한 맥락에서 시인이 겪는 존재의 위기, 그 내적 위기감이 가장 극명하게 표현된 시를 하나 찾는다면 다음 같은 작품이 될 것이다.

> 바다 속 2킬로미터 심해상어 산다는데
>
> 어둠에 길이 들어 아예 눈을 버렸다는데
>
> 수억 년 먼눈의 안쪽, 그 빛깔 나 꿈꾸는데
>
> —「간」 전문

이 시를 놓칠 수 없다는 생각에 나는 한 번 끝마쳤던 글을 다시 열어 논의를 보충한다. 왜 이 시의 제목이 '간'이 되어야 하느냐? "바다 속 2킬로미터" 깊은 심해를 살아가는 물고기, "어둠에 길이 들어 아예 눈을 버렸다는" "심해상어"의 이야기는 이 시조 종장에 와 갑작스럽게 '나'의 이야기로 전환된다.

"수억 년 먼눈의 안쪽"에 무엇이 있을 것인가? 오로지 상상과 의지에 의하지 않고는 얻을 수 없는 "빛깔"에의 꿈을, 시인, 곧 화자는 생각한다. 어둠이 깊을 대로 깊은 곳에서 꾸는 "빛깔"의 꿈은 응당 이 작품의 초장, 중장과는 다른, 반전의 세계가 아니겠는가?

이 작품이 제목이 '간'인 것은 시인 윤동주의 시 「간」에 통한다고, 나는 생각한다. 시인은 필시 이를 의식했을 것이다. 윤동주는 자신의 간에서 "습한 간"을 "펴서 말리우자"고 했다. "코카서스 산중에서 도망쳐 온 토끼처럼" "간을 지키자"고도 했다. 그런 그 자신은 "끝없이 침전하는 프로메테우스", 다시는 "용궁의 유혹"에 떨어지지 않을, 최후의 구원을 지키려는 존재다.

이 최후의 절박감에서 윤동주의 「간」과 이승은 시인의 「간」은 닮았다. 시적 화자가 느끼는 어둠의 깊이, 심해의 깊이에서 닮았다. 두 「간」은 지켜야 할 것을 향한 절박감을 공유한다. '목숨값"을 찾는 절실함에서 같다. 다만 아이러니하게도 스스로는 눈이 멀어 볼 수 없는 심해상어의 간이 우리 사람 눈에 좋다고 한다. 시인은 이 작품 종장의 행간에 슬그머니 숨겨놓고 독자로 하여금 찾아낼 여지를 주었다.

한편으로 다음의 시는 「간」이 드러내 보여주는 시인 화자의 내면적 위기감, 그 폐색된 세계의 초극의 꿈이 문득 전혀 다른 열린 국면으로 뒤바뀌는 양상을 보여준다.

(가)

바다로만 열려있는 마카푸우 하늘빛은

고래가 뛸 때마다 덩달아 솟구친다

한 무리 선인장들도 절벽으로 몰려든다

오래 묵은 자물쇠가 달칵, 풀어졌다

빤히 열린 내 속에서 쏟아지는 잡동사니

무작정 품고 있었다니 이리도 많은 것을!

—「열쇠를 찾다」 전문

하와이 오하후 섬 동부 해안의 관광 명소 파카푸우 해변을 나도 가 보았는지 확실치 않다. 그러나 굳이 마카푸우가 아니더라도 오하후 해변 어디라도 하와이는 우리네로 하여금 삶을 가볍게 만드는 방법을 깨치게 하는 곳이다.

여기 시인이 서 있는 곳 마카푸우 절벽에서 문득 열려 버린 것은 소지하던 가방이나 백의 잠금장치였던 것만은 아니었다. 이 시의 "오래 묵은 자물쇠"는 위의 시 「간」에서의 "수억 년 먼 눈의 안쪽"과도 같다. 또, 그렇다면 "달칵, 풀어"진 "오래 묵은 자물쇠"는 시인의 심중의 자물쇠이며, 그 "많은" 무거운 "것"들을 내쏟도록 해주는 풀림이다, 엶이요, "먼눈"을 뜨게 하는 '개안'의 작동이다. 이 시의 제목이 '열쇠를 찾다'임에 유의해야 한다.

시인이 하와이 마카푸우에서 찾은 이 갑작스러운 눈뜸. 자신 안에 갇힌 모든 질문들을 열어 내 쏟아버리는 행위의 자유로움, 경쾌함은 이 시인이 세계 주유 속에서 얻을 수 있었던 가장 값진 선물의 하나였을 것이다.

(나)

두고 온 고향처럼 착할 거 같은 이름

귀를 대면 바다 얘기 들려줄 거 같은 이름

부르면 수평선 너머로 누가 올 것 같은 이름

창백한 진열장에 어쩌다 갇혔지만

립스틱 바른 적 없는 첫 입술 살짝 열며

봉쥬르, 환한 저 인사 앙스바타 해변의 여자

—「분홍입술흰뿔소라」 전문

이 시에 나오는 "앙스바타 해변의 여자"는 "분홍입술흰뿔소라" 자체일 수도 있고 시인이 그 분홍입술흰뿔소라가 사는 남태평양 뉴칼레도니아에서 만난 여인의 은유일 수도 있다. 물론 앞의 것이 더 맞겠지만, 앞의 더블린에서 만난 「머랭케익」의 여인이 "가을"빛을 띠고 있다면 이제 시인은 남태평양에서 "환한" "인사"를 건네는 "분홍입술"을 가진 생명력의 여인을 만나기도 해야 할 것 아닌가.

이 "분홍입술흰뿔소라"라는 존재에서 시인은 낯섦이나 소외를 느끼지 않는다. 그것은 "두고 온 고향처럼 착할 거 같은 이름"이고, "귀를 대면 바다 얘기 들려줄 거 같은 이름"이며, "부르면 수평선 너머로 누가 올 것 같은 이름"이다. 상실 이전의 존재의 이름, 그것을 가리켜 "분홍입술흰뿔소라"라 명명할 수도 있을 것이다.

그리하여 나는 이 시인이 먼 곳에서 만나는 외로운, 개체적인 존재들, 운명처럼 그곳에 피어난 생명적 존재들을 통하여 자기를 회복하려는 은밀한 기도를 인지한다.

(다)

시들해진 감자 서너 개 새들이나 먹으라고
지난해 뒷담 밑에 아무렇게 던졌는데

무성한 잎사귀 달고
피어있네
연보라 꽃

순간 흐려지며 눈 끝에 매달리는
일렁이는 환절기여 못 견딜 낯빛이여

그대가 날 잊으려할 때
저리 한번
피었으면,

—「저 꽃처럼」 전문

이 감자 조각은 버려졌는데, "아무렇게나" 던져졌는데, 아름다운 "연보라 꽃"으로 피어나 있다. "그대가 날 잊으려할 때", 화자 자신이 이 감자꽃의 존재를 눈물겹도록 느끼듯이 "그대"의 심중에, 나도 다시 "저리 한번 / 피었으면" 한다. "저 꽃처럼," '나' 다시 피어날 수 있기를, 끝끝내 그대가 나를 잊지 않기를 바라는 것이다. 이 기약 속에서라면, 제5부 '그 섬 아일랜드'에 수록된, '사라방드'의 비장하고 엄숙한 '죽음'도 잠시 물러서게 할 수 있을 것이다.

이 시조집은 이 글의 맨 앞에서 내가 언급했던 가람 이병기, 외솔 최현배, 자산 안확 같은 이들의 '기행시조'와 확연히 다른 세계라 하지 않을 수 없다.

일제강점기에 시조를 현대시조로써 재활시키고자 노력할 때, 이 분은 민족의 성소를 찾아다니며 굽히지 않는 정결한 정신의 표상으로서 그 세계를 새롭게 발견하고 그로써 부활의 은밀하고 강인한 의지를 되새길 수 있었다.

세월이 오래 흘러 이제 세계는 달라졌다. 우리나라도 옛날에 비해 자유로워졌다. 사람들은 콜로니얼, 포스트콜로니얼한 단계를 지나 한반도 안팎의 세계를 넘나들며 새로운 정신을 가다듬을 수 있다.

『분홍입술휜뿔소라』는 지금 시대를 대표하는 '기행시조집'이다. 나는 이 시조집에서 "필사적"인 "목숨"들에 얽힌 이야기를 이끌어냈지만 수록된 많은 작품들은 시인이 넓은 세계에서 우연히 마주친 외로우면서도 자유로운 존재의 안부들을 담고 있다.

새로운 단계의 『분홍입술휜뿔소라』는 그 아름다운 이름만큼 자유롭고 탐스러운 존재들에 훌쩍 더 다가선 '신' 미학의 시조집이라 하지 않을 수 없다. 끝으로 시인이 더블린의 '마운트 메리언'에 머물면서 수없이 오가던 길목을 노래한 작품을 옮기며, 편편이 빛나고 있는 작품들을 다 언급하지 못한 아쉬움을 남긴다.

제 빛깔 다 쏟으며 못내 겨워하는
건너편 '유니온카페' 불 켜든 유리창 밖

싸락눈
흩뿌리는 저녁 어스름만 하염없다

환절기 모퉁이는 추스를 게 더는 없어

빈손을 펴고 보네 무수한 잔금의 날

점멸등
깜박거리는, 망설임도 잠시 멈춤

저쪽이 무어라고 이쪽은 늘 서성대나
돌아갈 걸 하면서도 신호등을 바라보나

모든 건
이렇게 갈리지 샛길은 늘 궁금하지

—「건널목」 전문